CACHORRITOS

PINTAS

Otros libros de la serie Cachorritos

CACHORRITOS

PINTAS

ELLEN MILES

SCHOLASTIC INC.

New York   Toronto   London   Auckland
Sydney   Mexico City   New Delhi   Hong Kong

A Craig, con amor y agradecimiento

Originally published in English as *The Puppy Place: Lucky*

Translated by Ana Galán.

ISBN 978-0-545-37467-5

Cover art by Tim O'Brien
Original cover design by Steve Scott

12 11 10 9 8 7 6 5 4 3 2 1   12 13 14 15 16 17/0

Printed in the U.S.A.   40
First Spanish printing, September 2012

CAPÍTULO UNO

—Con el tiempo que hace, no es un buen día para ir de acampada —dijo la mamá de Charles mientras miraba el cielo gris. Encendió el limpiaparabrisas y sacó la camioneta de la rampa del garaje—. ¿Estás seguro de que quieres ir esta noche?

—Totalmente seguro.

A Charles no le importaba si lloviznaba. Quería ir. Echó un vistazo a su equipo de acampada que ocupaba todo el asiento trasero. ¿Le faltaría algo? Tenía el saco de dormir, la tienda de campaña nueva y el colchón inflable. También había metido un pijama, una linterna y un cepillo de dientes en la mochila. Estaba listo.

—Me servirá de práctica para cuando vayamos de acampada este verano con los Cub Scouts —añadió.

Alzó la vista justo cuando pasaban por delante de la casa de su mejor amigo, Sammy. Sintió una sensación extraña en el estómago. No le había contado a Sammy que iba a dormir en el jardín de su nuevo amigo, David.

Charles no conocía mucho a David. En realidad, nadie lo conocía bien. David estaba en el mismo salón de clases de Charles y de Sammy. Era un niño bajito, callado, que siempre hablaba muy suave. Su familia se había mudado al pueblo hacía unos meses y él apenas decía una palabra en clase. A veces hasta se olvidaban de que estaba allí.

Pero esa semana las cosas habían comenzado a cambiar. Lo primero que pasó fue durante el recreo del lunes. Charles estaba jugando un partido de *kickball*, en el lado izquierdo del campo, cuando vio que unos chicos de tercer grado se estaban metiendo con David cerca de las barras paralelas.

David parecía estar asustado y preocupado, y Charles no sabía qué hacer. La Srta. P, la maestra que vigilaba el patio, estaba muy ocupada consolando a un niño de kindergarten que lloraba cerca de los columpios.

—Oye, David, ¡te necesitamos en el equipo! —dijo Charles, y señaló la parte derecha del campo, cerca de los columpios. Nadie tiraba nunca la pelota hacia ese lado, pero no era mala idea tener esa zona cubierta por si acaso.

Al principio, David pareció sorprendido, pero después se abrió paso entre los chicos de tercero y corrió a su sitio. Más tarde, cuando Charles le comentó lo bien que había jugado, David se limitó a mirarse los zapatos. Se aclaró la garganta como si fuera a decir algo, pero no le salió ni una palabra.

El martes, durante la hora de lectura, Charles le hizo un gesto a David para que se sentara con él en la esquina, cerca de Huey, el conejillo de indias. Se sentaron juntos y leyeron sin hablar. Antes de que sonara la campana, Charles le preguntó algo a David sobre el libro que estaba leyendo y David murmuró algunas palabras. El miércoles, Sammy no fue a la escuela porque estaba enfermo, así que a la hora del almuerzo, Charles le reservó un sitio a David. No era fácil hacer que David hablara, sobre todo en medio de la ruidosa cafetería, pero cuando Charles le preguntó cuál era su comida preferida, tuvieron una buena conversación. (Charles eligió la pizza y David, los sándwiches de queso fundido).

Desde entonces, David y Charles hablaban un poco todos los días. Charles le contó a David que en su casa acogían cachorritos.

—Eso quiere decir que cuidamos cachorritos que no tienen hogar hasta que encontramos la familia perfecta para ellos.

También le habló de su hermana mayor,

Lizzie, y de su hermanito Adam (conocido como Frijolito), y de cómo a los dos les encantaban los perros. También le habló de Chico, el mejor perrito del mundo, que llegó a la casa temporalmente, como el resto de los perritos, pero terminó convirtiéndose en la mascota del hogar.

David no tenía perro ni hermanos. Poco a poco le fue contando a Charles que a él y a sus padres les gustaba ir a escalar y a montar en bicicleta y que todos los veranos se iban de acampada. El año anterior habían estado en el Gran Cañón.

—Yo voy a ir de acampada por primera vez este verano con los Cub Scouts —le dijo Charles a David. Sabía que no era mucho comparado con el Gran Cañón, pero estaba muy entusiasmado—. Me regalaron una tienda de campaña para Navidad, así que ya estoy preparado.

—¿Sabes cómo armarla? —preguntó David.

—Bueno, no del todo.

En realidad Charles no tenía ni idea.

—A lo mejor si la traes a mi casa te puedo ayudar a armarla porque lo he hecho muchas veces.

Esa era una de las frases más largas que Charles le había escuchado decir a David.

Y así fue como se les ocurrió la idea de acampar el viernes por la noche en el jardín de David. Iba a ser genial. David dijo que atrás de su casa había un bosque y un riachuelo, así que sería casi como estar en medio de la naturaleza. Charles tenía muchas ganas de ir. No le importaba que el suelo estuviera húmedo porque no había dejado de llover en las últimas dos semanas, ni le preocupaban los insectos o las serpientes. Sabía que no se iban a meter en la tienda. Y tampoco le daba miedo la oscuridad porque tenía una linterna muy buena con pilas nuevas.

Lo único que no le parecía del todo bien era no haberle dicho nada a Sammy. Sabía que si su amigo se enteraba de que había ido de acampada con David, se sentiría mal. Sammy y él iban juntos a los Cub Scouts y habían hecho un montón de planes para cuando fueran de acampada por primera vez. Y ahora él iría por primera vez sin Sammy.

Charles pensó en preguntarle a David si le importaría invitar también a Sammy, pero algo le decía que no era muy buena idea. David hablaba con él cuando estaban a solas, pero seguía siendo muy, muy callado cuando estaba con otras personas. Y Sammy, bueno, Sammy no era nada tímido. Era más bien lo contrario. Si ponías a Sammy en la misma tienda con David, una cosa era segura: David se callaría y Sammy hablaría todo el tiempo. De momento, Sammy ni siquiera se había dado cuenta de que él y David comenzaban a ser amigos.

Al llegar a la casa de David, Charles intentó apartar todos esos pensamientos de su mente. Los dos chicos se pusieron rápidamente manos a la obra para montar su campamento atrás de la casa, cerca del riachuelo, que ahora, por las lluvias de los últimos días, estaba más ancho y caudaloso que de costumbre. El jardín de David era como estar en medio de un bosque, con árboles a ambos lados del riachuelo.

David realmente sabía armar una tienda de campaña y le enseñó a Charles dónde iba cada palo. Seguía lloviznando, pero no les importaba. Después inflaron sus colchones de aire, colocaron encima los sacos de dormir y entraron en la casa para cenar.

La mamá de David había cocinado pastel de carne, uno de los platos preferidos de Charles. Charles se sirvió tres trozos con mucha salsa de tomate. Por educación, también se puso un poco de ensalada y de papa asada. Después comieron galletas de chocolate con helado. Charles estaba llenísimo. Cuando vio que los padres de David se sentaban en el cómodo sofá del cuarto de la tele para ver una película, a Charles le dieron ganas de quedarse dentro de la casa, pero no pensaba decirlo. Además, la tienda de campaña ya estaba lista.

Así que él y David se pusieron los pijamas, se lavaron los dientes y les dieron las buenas noches a los padres de David. Luego, agarraron sus linternas y salieron a la noche húmeda y lluviosa.

Dentro de la tienda se estaba genial, era como estar al aire libre, pero al mismo tiempo protegidos y cómodos como en su propia casita. Los dos se metieron en sus sacos de dormir, dejaron las linternas encendidas y se quedaron hablando un rato.

Charles le contó a David uno de sus chistes preferidos:

—¿Qué le dijo un perro arrepentido a otro? Perróname.

David le habló a Charles de otros lugares donde había ido de acampada con su familia, como Wyoming y Carolina del Sur.

—Mañana te enseñaré mi colección de parches de parques estatales —dijo.

Por fin apagaron las linternas e intentaron dormir.

Charles se quedó tumbado escuchando el sonido rítmico de las gotas de lluvia sobre la tienda de campaña. Afuera hacía frío, pero él se sentía muy cómodo y calentito dentro de su saco de dormir. Al principio, el suelo le pareció muy duro, a pesar de haber puesto el saco encima del colchón inflable, y pensó que nunca conseguiría dormirse. Pero se durmió sin duda porque al rato lo despertó un gran estruendo que lo hizo sentarse de golpe. Era la lluvia, que golpeaba con fuerza. El viento rugía entre los árboles y la tienda de campaña temblaba y se movía.

¡Cras! Un relámpago iluminó la cara asustada de David. Él también estaba totalmente despierto.

—A lo mejor deberíamos... —empezó a decir Charles, pero justo entonces se oyó la voz del papá de su amigo fuera de la tienda.

—¡Vamos, chicos! —gritó para que lo oyeran entre la lluvia y el viento—. Tienen que regresar a casa.

Charles vio que estaba entrando agua por debajo de la tienda de campaña. Él y David tomaron sus linternas, abrieron la puerta de la tienda y salieron gateando.

—Vaya tormenta, ¿no? —dijo el papá de David por encima del hombro mientras volvía hacia la casa.

Cuando llegaron a la puerta, Charles se volteó para echar un último vistazo a la tienda de campaña. ¿Saldría volando sin que hubieran conseguido pasar una noche en ella? Apuntó con la linterna al jardín... y vio algo que lo sorprendió.

—¡Huy! —dijo asustado.

David se volteó también.

—¿Qué es eso? —preguntó David con voz temblorosa.

Charles intentó que no le temblara la linterna. Alumbró con la luz, pero lo único que podía ver eran dos puntos brillantes. ¡Un par de ojos lo miraban desde la oscuridad! ¿De quién serían? Entonces se oyó un trueno. Un relámpago iluminó el jardín como si fuera de día, pero solo por un segundo. Charles se esforzó por ver en la oscuridad. De pronto, lo que estaba iluminando con su linterna se movió y los ojos brillantes desaparecieron.

—Vamos, chicos —dijo el papá de David desde la puerta.

—¡Un momento! —dijo Charles sin mover ni un músculo—. Creo que ahí hay un cachorrito.

CAPÍTULO DOS

El papá de David se acercó a mirar. Iluminó con su linterna todo el jardín, pero no vio nada salvo las gruesas gotas de lluvia.

—Seguro que era un mapache o algo así —dijo, y le dio una palmadita a Charles en el hombro—. ¿Qué iba a hacer un cachorrito ahí, en medio de esta horrible tormenta?

—Deben de estar empapados —dijo la mamá de David abriendo la puerta—. Entren.

—Pero tengo que... —dijo Charles.

—Tienes que entrar, eso es lo que tienes que hacer —lo interrumpió la mamá de David—. No puedes pasar la noche afuera con este viento tan fuerte.

Charles realmente quería salir a buscar al cachorrito, pero la mamá de David no lo iba a dejar. Además, ella tenía razón. Estaba empapado y tenía tanto frío que le castañeaban los dientes. Siguió a David y a su papá y entró en la casa.

—Quítense esa ropa mojada, pónganse esto y vayan directo a la cama —dijo la mamá de David mientras les entregaba unos pijamas secos y limpios a cada uno—. Entrarán muy pronto en calor.

A pesar de que David no tenía ningún hermano, en su habitación había una litera. A Charles le parecía una idea genial. Todas las noches, David podía elegir si dormía en la cama de arriba o en la de abajo, dependiendo del humor en que estuviera.

Charles y David se pusieron los pijamas secos. A Charles le quedaba un poco chico el pijama de David, pero no le importó. David se subió a la

cama de arriba, apartó un montón de superhé-
roes y los tiró al suelo.

—Muy bien, ¿qué cama prefieres?

Charles estaba tan cansado que no le
importaba.

—Ya que estás ahí, quédate tú en la de arriba
—dijo Charles bostezando y metiéndose en la
cama de abajo.

—¿Ya están listos? —dijo la mamá de David
asomando la cabeza—. Que duerman bien, chicos.
Es muy tarde. Otro día podrán acampar afuera
—añadió apagando la luz y cerrando la puerta.

Charles estuvo pensando un rato en lo que
había visto. Recordó la carita blanca y gris que lo
miraba a través de las gotas de lluvia y se dijo
que los mapaches no eran grises, ¿o sí?

Se volteó hacia la derecha, después hacia la
izquierda y después se puso boca abajo. Estaba
completamente despierto. Y preocupado. El pobre
perrito estaba allí afuera, solito bajo la lluvia.

Debía de ser un perro abandonado o un cachorrito que se había escapado de su casa y se había perdido en medio de la tormenta. A lo mejor podía salir a buscarlo.

El viento azotaba la casa y los truenos hacían temblar las ventanas. La lluvia caía con fuerza. Charles se arropó más con la manta.

Podía escuchar los muelles de la cama de arriba que crujían cada vez que David daba una vuelta.

—¿David? —Charles se asomó desde el colchón de abajo—. ¿Estás despierto?

David sacó la cabeza por el borde de la cama. Charles apenas podía verle la cara con la débil luz que entraba en la habitación desde el pasillo.

—Completamente despierto —susurró David—. No puedo dejar de pensar en ese... lo que fuera.

—Era un cachorrito —dijo Charles—. Estoy seguro.

—Yo también lo creo —asintió David con la cabeza boca abajo.

—Quiero ir a buscarlo —dijo Charles.

—¡Ni hablar! Mi mamá se enojaría muchísimo.

En ese momento cayó un relámpago justo al lado de la ventana que iluminó la cara preocupada de David.

Charles sabía que su amigo tenía razón y casi se alegró de que Sammy no estuviera allí. Sammy seguramente habría intentado convencerlos de salir a buscar al cachorrito, con o sin tormenta. Pero él sabía que era una locura. El cachorrito podría estar en cualquier lugar. Con un poco de suerte había encontrado donde refugiarse de la horrible tormenta.

—Pero mañana a primera hora vamos a buscarlo, ¿de acuerdo? —dijo.

—De acuerdo.

La cabeza de David desapareció del borde de la cama y un minuto más tarde Charles lo oyó suspirar. Los muelles crujieron una vez más. Entonces Charles también se dio media vuelta, cerró los ojos y se durmió.

* * *

Cuando se despertó, la habitación estaba llena de luz.

—¡Oye! —Le pegó una patada al colchón de arriba—. Ya es de día y la tormenta ha terminado.

David sacó los pies por un lado y bajó por la escalerilla de la litera.

—Vamos. Mis padres siempre se levantan tarde los sábados. Seguro que encontraremos al perrito antes de que se despierten.

Se quitaron los pijamas, bajaron las escaleras corriendo y salieron por la puerta de atrás sin molestarse en desayunar. El jardín estaba empapado y hecho un desastre. La tienda de Charles seguía en pie, pero estaba medio caída y rodeada de charcos. El riachuelo estaba marrón, con mucha corriente, y el jardín, lleno de ramas caídas. Pero el sol brillaba y los pájaros cantaban en el denso bosque.

—¿Por dónde empezamos? —preguntó David mirando a ambos lados del riachuelo.

Charles se detuvo al lado de la tienda empapada.

—Creo que el perrito estaba justo aquí cuando vi sus ojos brillantes —dijo—. A lo mejor quería saber qué era la tienda de campaña.

—Espero que se haya quedado en este lado del riachuelo. —David miró la corriente de agua preocupado—. A mí ni siquiera me dejan acercarme cuando el río está así. Si mi papá dice que es peligroso para mí, imagínate para ese cachorrito. ¿Ves? Normalmente ahí se ven unas piedras. —Señaló un lugar del riachuelo—. Pero desde que empezó a llover han estado tapadas por el agua.

—A mí me gusta cuando el agua está tan alta —dijo Charles. A lo mejor la corriente era un poco peligrosa, pero a él le gustaba ver como corría y salpicaba.

—Esto no es nada. —David lanzó un palo y se quedaron observando como lo arrastraba la corriente—. Deberías haberlo visto la semana pasada.

David comenzó a caminar y Charles lo siguió. Chapotearon por el camino de barro que estaba justo al lado del riachuelo, mirando entre los árboles que había a ambos lados.

Muy pronto, los zapatos de Charles estaban totalmente cubiertos de barro, pero él apenas se dio cuenta. Estaba demasiado ocupado buscando huellas de perrito.

—Nada —murmuró para sí mismo muy decepcionado—. Parece que la lluvia se lo ha llevado todo.

—¡Oye! —David se había alejado corriendo y estaba parado encima de una gran roca. Le hizo un gesto a Charles con la mano—. Mira esto.

Charles corrió hasta donde estaba su amigo. David señaló un tronco grande que estaba tirado en medio del camino. Debajo había un hueco, como si fuera una cueva protegida por la lluvia. Y allí dentro, en el barro seco, había una huella de animal.

Charles se agachó a mirar. ¡Sí! Se parecía a las huellas de Chico. Notó que había una mancha de color marrón justo al lado de la huella. Era una mancha de color óxido en la zona más seca y clara del barro.

—No es de un mapache —dijo Charles, y notó que el corazón le latía con fuerza—. Definitivamente es una huella de cachorrito y parece que está herido. ¡Creo que eso es sangre! —Agarró un palo y removió un poco la huella—. Seguro. Es sangre.

—¡Shhh! —David lo agarró por el hombro—. ¡Mira!

Charles se volteó y vio una carita que lo miraba desde detrás de un arbusto. Los ojos marrones, llenos de miedo, se asomaban entre un montón de pelo gris y blanco. ¡El cachorrito! Era más o menos del tamaño de Chico, no tendría más de seis meses, y estaba tan flaco que se le veían las costillas. No se parecía a ninguno de los perros del afiche de Lizzie que mostraba las razas de perros de todo el mundo, así que debía de ser una mezcla. Tenía una patita levantada y Charles vio que estaba roja. Sangre. Tenía razón, el perrito estaba herido. El cachorro no se movió, parecía haberse quedado congelado en el sitio.

Estoy perdido y solo. Necesito ayuda, pero tengo miedo.

Cuando Charles dio un paso hacia él, el perrito desapareció como si fuera un relámpago blanco y gris. Aunque cojeaba, se movió rápidamente entre los árboles, río arriba, alejándose de los chicos.

Charles se tropezó y casi se cae mientras él y David corrían por encima de las raíces y las rocas, intentando atrapar al perrito. Pero fue inútil. El cachorro había desaparecido sin dejar rastro.

CAPÍTULO TRES

—¿Y ahora qué? —preguntó David asomándose entre los gruesos troncos de los árboles.

Charles recordó la cara asustada del perrito. Pobrecito. Obviamente, tenía miedo. Estaba muy delgado y tenía el pelo mate y lleno de barro y de nudos. Seguramente llevaba más de un día solo. Si había tenido un collar, se le había caído.

Entonces se acordó de Chico, de cuando se acurrucaba y ponía el hocico cerca de la cola, con las orejas colgando, y se tumbaba a los pies de su cama, donde le gustaba dormir. Chico siempre tenía su pelo marrón y blanco muy limpio y suave y su barrigota llena de comida deliciosa. Pero Chico estaba en casa, bien cuidado, y este cachorrito estaba solo en el mundo. ¿Qué pasaría si Chico se escapaba y se perdía? Al cabo de pocos días seguramente tendría el mismo aspecto que el perrito gris y blanco y actuaría de la misma manera. Seguro que había alguien que quería a ese cachorrito tanto como él quería a Chico.

—Tenemos que ayudarlo —dijo Charles tragando con fuerza para no llorar.

—Sí, claro, pero antes tenemos que encontrarlo.

—Muy bien. —Charles se dio la vuelta y señaló el bosque—. Tú vas por ahí, por donde salió corriendo. Yo iré por donde hemos venido. A lo mejor volvió al lugar donde lo vimos por primera vez.

Charles sabía que estaba siendo un poco mandón, pero no le importaba. Tenían que encontrar al cachorrito.

—Muy bien —dijo David suavemente—, pero...

Charles ya iba de regreso por el camino que bordeaba el riachuelo.

—Grita si lo ves —dijo por encima del hombro, y luego miró hacia el bosque, esperando ver una bolita gris y blanca. El barro se le pegaba a los zapatos y los insectos le revoloteaban delante de la cara—. ¿Dónde estará ese cachorrito? —se preguntaba en voz alta.

De repente, oyó un ruido entre los arbustos. Charles se detuvo y se quedó tan quieto como pudo. Aguantó la respiración y miró a todos lados.

Un pajarito marrón daba saltitos en una rama mientras miraba a Charles sorprendido.

Charles suspiró y empezó a caminar de nuevo, mirando hacia el suelo de vez en cuando por si veía huellas. Desafortunadamente, solo veía las huellas de sus propios zapatos y las de David, pero no las del perrito.

—¡Charles! ¡Charles! —lo llamó David con un susurro.

Justo entonces, Charles vio al perrito blanco y gris pasar por entre los árboles en dirección al riachuelo. David iba detrás, metiéndose entre las ramas y las enredaderas colgantes.

Lo tenía cerca y se lanzó hacia él. El cachorrito cogió velocidad y se escapó en el último minuto, como si fuera un jugador de fútbol americano a punto de anotar un *touchdown*. Charles cayó de cara en la tierra suave y pegajosa.

—¡Ay! —gritó, pero el cachorrito no se detuvo.

Menos mal. ¡Conseguí escapar! Será mejor que corra sin parar.

Charles miró hacia arriba y vio que el perrito salía a toda velocidad y se metía por el jardín de David. Dio una vuelta y volvió a salir corriendo hacia el riachuelo.

—Es muy rápido —dijo Charles mientras David se le acercaba—. Apareció entre los árboles, me miró y salió corriendo como un conejo.

Charles se puso de pie y se limpió el barro de la nariz.

—Supongo que la próxima vez tendremos que correr más rápido.

—No sé. Si lo perseguimos, lo asustaremos más todavía —dijo David—. Está muerto de miedo. ¿Y viste lo flaco que está?

Charles recordó como se le marcaban las costillas al perrito. David tenía razón. El pobrecito estaba muy flaco, herido y asustado.

—Lizzie dice que hay que tener mucho cuidado con los perros asustados porque a veces muerden por miedo.

David movió la cabeza.

—Este perrito no. No muerde. Lo miré a los ojos y no es de los que muerden.

Por primera vez, David no parecía tímido. Parecía muy seguro de sí mismo.

—¿Y ahora qué hacemos? Necesitamos un plan —dijo Charles.

—Es verdad —dijo David, y se frotó la barriga—. Pero ¿no tienes hambre? Yo sí. Tengo tanta hambre que ni siquiera puedo pensar.

Los chicos volvieron por el camino que bordeaba el riachuelo hasta la casa, mirando a todas partes por si veían al perrito. Cuando llegaron, David miró a Charles.

—Este...

Charles se miró. Estaba lleno de barro. Vaya desastre. Su mamá lo mataría si entraba en la casa lleno de barro. Y a los padres de David seguro que tampoco les haría ninguna gracia.

—Lo mejor será que no entre —dijo.

—Vuelvo enseguida —dijo David asintiendo.

El chico se quitó los zapatos y entró. Unos minutos más tarde, volvió con un montón de comida: papas asadas de la cena del día anterior, un par de vasos con jugo de naranja, un bizcocho de chocolate y un plato tapado con papel de aluminio. Le dio a Charles un jugo y una papa. Los chicos se sentaron con las piernas cruzadas en el porche y comieron rápidamente.

Charles miró el plato tapado con papel de aluminio; todavía tenía hambre.

—¿Qué es eso?

—Esto es el cebo para el cachorrito —dijo David quitando el papel de aluminio y revelando dos porciones gruesas de pastel de carne—. Ese perrito hambriento no se va a poder resistir.

CAPÍTULO CUATRO

—Buena idea.

Charles estaba impresionado con el plan de David. ¿Cómo no se le había ocurrido a él?

—Se me ocurrió en cuanto vi el pastel de carne en la nevera —dijo David, y se encogió de hombros como si no fuera nada—. Me imaginé que si el perrito tenía tanta hambre, seguramente lo podríamos tentar a que se acercara.

Charles asintió mientras quitaba un poco de pastel de carne del plato. No podía resistir la tentación de probarlo. Aunque estaba frío, era mejor que la papa asada. Charles sabía que a Chico se le caería la baba si oliera algo tan rico.

—¿Y ahora qué? —preguntó.

David tenía un plan.

—A lo mejor deberíamos volver al riachuelo, donde vimos el tronco y la huella. Ya estuvo ahí por lo menos dos veces. Es probable que vuelva. Si dejamos de perseguirlo, puede que lo convenzamos de que se acerque a nosotros.

Dejó de hablar, se miró a los pies y se sonrojó.

—Otra gran idea —dijo Charles dándole un golpe a David con el puño, lo que hizo que su amigo se sonrojara aun más. Charles pensó que David y Sammy no eran tan diferentes después de todo. A los dos se les ocurrían muchas cosas.

Los chicos volvieron a caminar por el barro en dirección al tronco caído, cerca de la gran roca.

—¿Es aquí? —preguntó Charles señalando el tronco.

—¡Shhh! —David lo miró y se llevó un dedo a los labios—. No queremos asustarlo.

David puso un trozo de pastel de carne en una roca plana que había en medio del camino. Después se sentó en el suelo cerca del tronco y se agachó tanto que apenas se le veía detrás de la gran roca. Charles hizo lo mismo. Se quedaron sentados en silencio durante unos minutos y miraron hacia el bosque.

Un mosquito le empezó a zumbar a Charles en el oído. ¿Por qué los insectos se dedican a molestarte siempre que tienes que estar quieto? Movió la cabeza pero el insecto no se fue. Al final tuvo que mover la mano y espantarlo.

—Oye, ¿y qué vamos a hacer si aparece el perrito? —dijo. Sabía que debía hacer silencio, pero no se pudo aguantar—. ¿Trato de agarrarlo?

David negó con la cabeza.

—No. Tiene miedo. Tenemos que ser muy delicados con él y quedarnos agachados para no asustarlo. Seguramente le parecemos gigantes.

Charles lo miró.

—¿Cómo sabes tanto de perros si ni siquiera tienes uno? —preguntó.

—Supongo que se me dan bien los animales —dijo David—. Por lo menos eso es lo que dice mi mamá—. De pronto pareció recordar que tenían que hacer silencio. Dejó de hablar y se llevó un dedo a los labios.

Esperaron.

Y esperaron.

A Charles se le empezó a encalambrar una pierna, pero justo cuando estaba a punto de enderezarse, David le puso la mano en el brazo.

—Ahí está. ¿Lo ves?

Efectivamente, el cachorrito blanco y gris salió cojeando de entre los árboles, con el hocico en alto, olisqueando el pastel de carne. Charles sabía que el perro todavía no había notado que ellos estaban escondidos cerca de la comida.

Lentamente, pero sin detenerse y mirando de lado a lado, el cachorrito se dirigió hacia la deliciosa comida.

Tengo tanta, tanta hambre. Esto puede ser peligroso, pero tengo que arriesgarme.

Con un movimiento rápido, el perrito agarró el pastel de carne con la boca y retrocedió para tragárselo.

David, por su parte, movió el brazo l-e-n-t-a-m-e-n-te y lanzó otro trozo de comida hacia la roca.

El cachorrito se alejó corriendo unos pasos, mirando con miedo por encima del hombro. Después se dio la vuelta, se sentó y miró durante un rato. Charles vio que olisqueaba el aire una y otra vez y que luego se lamía el hocico. Los chicos estaban tan quietos como podían. Por fin, el perrito dio unos pasos y se acercó a la comida. La agarró y se la tragó sin retroceder.

David le lanzó otro trozo. El perrito se lo comió.

—Muy bien. —La voz de David era diez veces más baja de lo habitual—. Eso está muy bien. ¿Quieres más?

El cachorrito se relamió.

Sí, quiero más. Podría comer sin parar. A lo mejor puedo fiarme de esta persona.

David le tiró otro trozo de pastel de carne. Y otro. Le susurraba con suavidad palabras alentadoras. El perrito se comía cada vez más rápidamente la comida, cada vez con más confianza.

Charles sabía que había que tener mucho cuidado con los perros tímidos, pero no tenía tanta paciencia como David.

—¿No debería salir a agarrarlo?

—Espera.

David se acercó un poquito al cachorro. Acercó la mano con un trozo de carne, y el cachorrito, muy lentamente, se acercó y estiró el cuello para olerlo. Después agarró la carne y se la tragó.

—Muy bien —murmuró David mientras le daba más trocitos—. Qué perrito más bueno.

Cuando el cachorrito se terminó el último trozo, se dio la vuelta para irse.

Charles no podía soportar la idea de dejar que se fuera. Se lanzó rápidamente hacia él.

—Ven aquí, perrito lindo —dijo tan suavemente como pudo.

El perrito echó las orejas hacia atrás y metió la cola entre las patas.

¡Alerta! ¡Alerta! Esta persona nueva me da mucho miedo.

El cachorrito miró a Charles con cara de miedo y salió corriendo a toda velocidad en dirección al bosque.

CAPÍTULO CINCO

—Ay, no. —Charles se quedó mirando como el pelo gris desaparecía entre las matas. Se volteó a ver a David—. ¡Lo siento!

—Casi lo tenía —dijo David—. Unos segundos más y creo que me hubiera dejado tocarlo.

—Pensé que iba a salir corriendo —dijo Charles levantándose y quitándose el polvo de las manos—. Lo siento mucho.

—Se estaba acostumbrando a mí. A ese cachorrito le gusta la gente. Estoy seguro. Quiere que seamos amigos, pero tiene miedo. —Se quedó callado un momento y después suspiró—. ¿Sabes qué? Sigo muerto de hambre. Vamos a ver si encontramos algo más de comer y pensamos en un plan.

Charles y David regresaron a la casa. Esta vez, Charles se sacudió el barro seco de su ropa, se quitó los zapatos y entró.

Los padres de David estaban sentados a la mesa de la cocina tomando café y leyendo el periódico.

—Buenos días —dijo la mamá de David—. Pensé que seguían durmiendo arriba. ¿Quieren unos panqueques?

Charles notó que le rugía el estómago. La papa asada no le había servido de nada.

—Mamá, papá... —empezó a decir David.

—Qué lástima que la acampada de ayer saliera mal —dijo el papá de David mientras apartaba los periódicos para hacer sitio en la mesa—. Anoche casi se los lleva el río.

Charles se había olvidado totalmente de eso. La noche tormentosa parecía que había pasado hacía mucho. En ese momento lo único que tenía en la cabeza era el pobre perrito asustado.

David parecía sentirse igual.

—Papá —volvió a empezar David, esta vez más decidido—, ¡vimos al cachorrito!

El papá de David levantó las cejas.

—¿Estás seguro?

—Absolutamente —asintió David.

—¿Cachorrito? ¿Qué cachorrito? —dijo la mamá de David sorprendida.

—Anoche a los chicos les pareció ver un cachorrito —le explicó su esposo.

—Sí, lo vimos —dijo David—. Y ahora está ahí fuera. Tiene mucho miedo y es muy tímido, pero casi conseguimos que se fiara de nosotros.

La mamá de David dejó el periódico.

—¿Fiarse de ustedes? —preguntó con una expresión seria—. ¿Qué quieres decir?

Fue entonces cuando los chicos les contaron toda la historia: el cachorrito perdido, las huellas con sangre, el pastel de carne, todo.

—Prométeme que nunca más le darás de comer a un perro desconocido —dijo la mamá de David muy seria—. Lo digo en serio. Sé que tienes buena mano con los animales, pero nunca se sabe.

—¡Pero es un cachorrito! —dijo David—. ¡Nosotros no somos los que estamos en peligro! ¡Es el pobre perrito!

Charles decidió que era el momento de decir algo.

—Realmente necesita ayuda.

El papá de David asintió.

—Tienes razón, pero a lo mejor ustedes también necesitan ayuda. —Puso la taza en la mesa—. Vamos a buscar a ese cachorro.

—Tengo clase de yoga —dijo la mamá de David—, pero antes les prepararé el desayuno. Van a necesitar energía.

Cuando los chicos terminaron los panqueques, ya el papá de David se había vestido. Los tres salieron y empezaron a andar por el camino de barro que bordeaba el riachuelo.

Primero los chicos le mostraron al papá de David el lugar por donde el cachorrito se había metido en el bosque. Después lo llevaron por el camino que daba a la roca y señalaron las huellas que había debajo del tronco.

El papá de David se agachó para verlas mejor y asintió.

—Desde luego, esas no son huellas de mapache. —Se levantó y miró a su alrededor—. No sé si vendrá aquí otra vez. Parece haberse ido río arriba, así que vamos a seguir su rastro y estar alertas por si lo vemos. Pero creo que David tiene razón, si lo vemos, no debemos perseguirlo. Tenemos que quedarnos quietos, tener paciencia y ver qué pasa.

Subieron por el camino, observando los matorrales y los árboles por si había alguna señal del cachorro.

Charles intentaba caminar sin hacer ningún ruido. Daba cada paso con mucho cuidado, intentando no pisar ningún palo que pudiera romperse. Lizzie le había contado que así era como los indígenas americanos avanzaban por los bosques oscuros. Caminaba tan despacio que David y su papá ya lo habían dejado muy atrás, pero Charles apenas se dio cuenta.

—¿Qué fue ese ruido? —dijo David muy quieto y con la mano en la oreja—. ¿Lo oyeron?

—¿Qué? —Lo único que Charles oía era el canto de los pájaros y el zumbido de un insecto en su oreja. Apartó el mosquito con la mano y escuchó con atención. Entonces él también lo oyó. Era un gemido agudo y débil—. Es el cachorrito. ¿Dónde está?

Charles miró a su alrededor desesperadamente, pero no podía ver nada. No había huellas ni rastro del pelo gris y blanco.

—¡Charles! ¡Rápido! ¡Ven aquí! —David había salido corriendo hacia unos pinos—. Mira.

Charles lo ayudó a apartar una rama muy grande. Por debajo de las ramas había un espacio oscuro y fresco. Al principio, Charles no podía ver nada, pero después vio al perrito, acurrucado con el hocico en la cola, encima de un pequeño hoyo que había hecho en la tierra.

—¡Ay! —dijo Charles, y le puso una mano en la cabeza. El perrito estaba totalmente inmóvil, como si fuera un trapo viejo.

CAPÍTULO SEIS

—¿Está... —comenzó a decir Charles, pero se calló.

—No creo —dijo David—. A lo mejor está muy, muy cansado. Parece que ha vomitado toda la comida que le dimos.

—Qué asco —dijo Charles sintiendo que se le revolvía el estómago al ver el vómito cerca del perrito.

Justo entonces, apareció el papá de David, apartando otra rama para poder ver él también.

—Pero bueno. —Soltó un silbido largo y bajo—. Este cachorrito está muy enfermo.

El perrito abrió un ojo y los miró. Después se tumbó boca arriba y levantó la pata herida. La sangre se había secado, pero era evidente que tenía mucho dolor.

Ayúdenme. ¡Por favor, ayúdenme!

—Tenemos que llevárnoslo —dijo el papá de David mientras se quitaba la sudadera—. Lo podemos poner aquí.

Puso la sudadera en el suelo, al lado del cachorrito, y luego estiró los brazos y arrastró al perrito hasta ponerlo encima de la misma.

—Muy bien, pequeñito —murmuró—. No pasa nada. Vamos a ayudarte.

Charles ya sabía de dónde había sacado David la buena mano con los animales.

Los chicos se arrodillaron y ayudaron a deslizar la sudadera por el suelo con el perrito encima, para sacarla de entre las ramas.

—Bien —dijo el papá de David—. Ahora vamos a alzarlo con mucho cuidado y llevarlo de vuelta por el camino. ¿De acuerdo?

Formaban un buen equipo. El cachorrito no pesaba nada. Tenía los ojos abiertos pero no se movía y había dejado de gemir.

Charles no sabía si eso era una buena señal o no.

Al cabo de unos minutos llegaron a la casa y pusieron al cachorrito encima de la alfombra de la sala.

—Es muy lindo —dijo el papá de David—. Me recuerda a Búster, el perro callejero que tuve de pequeño. Mi mamá lo llamaba el perro 57 porque era una mezcla de muchas razas.

Charles acercó la mano muy lentamente y acarició el pelo sucio y mate del cachorro.

—Deberíamos llevarlo a que lo vea la veterinaria. La Dra. Gibson sabrá lo que hay que hacer.

—Es cierto —asintió el papá de David—. Pero hay un pequeño problema. No tenemos auto. Se lo llevó mi esposa.

—¿Y el otro auto? —preguntó Charles.

—Nuestro otro auto es una bicicleta —dijo el papá de David sonriendo—. La uso para ir a todas partes: al trabajo, a la tienda, al parque.

En una familia de tres personas no hacen falta dos autos.

—Hoy sí —dijo David.

—Voy a llamar a mis padres —dijo Charles.

Charles sabía que si podían, sus padres los ayudarían. David le dio el teléfono y Charles marcó. El Sr. Peterson contestó al tercer timbre.

—¡Papá! Hay un cachorrito que necesita nuestra ayuda.

A lo mejor era porque era bombero, pero el papá de Charles siempre estaba dispuesto a ayudar. Llegó con su auto en poco tiempo, y unos minutos más tarde, los chicos y sus respectivos padres estaban alrededor de la mesa metálica de la consulta de la veterinaria. El perrito seguía tumbado sin moverse mientras la Dra. Gibson, vestida con su bata blanca, lo tocaba por todas partes para ver si tenía algún hueso roto u otros problemas. Lo examinó en completo silencio, concentrándose en su trabajo.

Charles aguantaba la respiración. ¿Qué diría la Dra. Gibson?

Por fin, después de oír el corazón y los pulmones del perrito, la veterinaria se quitó el estetoscopio y los miró a todos. Con mucho cuidado, puso una mano encima del perrito.

—Este cachorro está muy enfermo. —Su expresión era muy seria—. Está absolutamente agotado y muerto de hambre, además de sucio y repleto de pulgas y garrapatas, y tiene una herida en una pata que se le ha infectado. Tiene fiebre y es muy alta y está deshidratado, lo que significa que su cuerpo necesita mucho líquido y medicinas para detener la infección.

—Ay, pobre —dijo Charles, y miró al perrito—. ¿Va a poder ayudarlo?

—Haré todo lo que pueda —dijo la Dra. Gibson, todavía con la mano encima del cachorrito—. Tendrá que pasar la noche aquí. ¿Es usted el dueño? —añadió, mirando al papá de David.

—Oh, no, no, no —dijo él.

—Es un perro callejero —se adelantó Charles a explicar—. No llevaba collar. Creo que lleva varios días solo. Apareció sin más en el bosque que hay detrás de la casa de David.

La Dra. Gibson se dirigió a David.

—¿No lo habías visto antes en tu vecindario?

David no pudo decir ni una palabra. Se sonrojó y movió la cabeza.

—No creo que sea de ninguna de las familias que viven en la zona —dijo su papá mientras le ponía la mano encima del hombro a su hijo.

—Bueno, en ese caso —dijo la Dra. Gibson cruzando los brazos—, necesitará muchos cuidados cuando salga de aquí. ¿Ustedes podrán encargarse de él?

David y su papá se miraron.

—¿Por qué no... —empezó a decir David.

—No creo que podamos —dijo su papá al mismo tiempo.

—Nosotros nos encargaremos —interrumpió el Sr. Peterson.

—¿De verdad? —dijo Charles—. ¿No deberíamos preguntarle a mamá?

El Sr. Peterson miró al cachorrito enfermo.

—Estoy seguro de que ella estaría de acuerdo en que este perrito necesita nuestra ayuda.

El cachorrito intentó levantarse, pero estaba demasiado débil. Se volvió a tumbar y suspiró.

Esta gente está hablando de mí. Lo sé. Creo que me van a ayudar.

La Dra. Gibson acarició al perrito y sonrió.

—Muy bien. Podrán venir a verlo mañana. Espero que consiga pasar la noche. Los llamaré.

—¿Cómo? —dijo el papá de David.

—¿Espera que consiga pasar la noche? —preguntó Charles, y sintió un mal sabor en la boca. Estaba a punto de vomitar. Apretó los puños con tanta fuerza que se clavó las uñas—. ¿Qué quiere decir?

—Este perrito está muy enfermo —dijo la Dra. Gibson con un tono más amable—. Te prometo que haré todo lo que pueda para que se ponga bien. Pero no puedo asegurarte que funcionará.

CAPÍTULO SIETE

Esa noche, Charles volvió a tener problemas para dormir. Estaba tan preocupado por el perrito callejero que no podía dejar de pensar en él. Le hubiera gustado estar en el consultorio de la Dra. Gibson, en una cama al lado de la jaula donde estaba el cachorro. Por lo menos así tendría una buena razón para estar despierto. Por lo menos le podría hacer compañía al perrito.

Pero estaba en su cama, mirando las estrellas fluorescentes que había pegadas en el techo, y sin poder parar de pensar en el cachorrito. Se acordó de los ojos tristes y marrones del perro y de la forma en que lo había mirado, como pidiéndole ayuda, cuando lo dejaron en el veterinario. De vez en cuando estiraba el brazo para acariciar a su perro, Chico, que roncaba suavemente a los pies de su cama. A veces Chico se despertaba y le lamía la mano y Charles se sentía un poco mejor.

En cuanto salió el sol, Charles saltó de su cama y bajó las escaleras. Chico lo siguió. La casa estaba totalmente en silencio, pero cuando Charles llegó a la cocina, vio que su papá ya se había despertado. Estaba sentado a la mesa de la cocina sujetando entre sus manos una taza de café, y se veía que tenía ojeras.

—Hola, hijo —le dijo cuando lo vio entrar—. ¿Dormiste bien?

Charles movió la cabeza.

—Yo tampoco —dijo su papá.

—No podía dejar de acordarme de la carita triste del perro —dijo Charles, y le abrió la puerta a Chico para que saliera a hacer pis—. Y de como me miró cuando lo dejamos con la Dra. Gibson.

—Yo igual —dijo el Sr. Peterson sirviéndose otro café.

—¿Crees que habrá conseguido pasar la noche?

—preguntó Charles con nerviosismo mientras dejaba que Chico entrara en la casa.

—Estoy seguro de que la Dra. Gibson nos llamará muy pronto.

No era una respuesta a su pregunta, pero Charles no dijo nada más. Se sentó al lado de su papá y se apoyó en él. Se quedaron así callados durante un rato. Luego, Charles le puso comida a Chico y, por fin, se atrevió a decir lo que estaba pensando.

—¿La podemos llamar?

Su papá negó con la cabeza.

—Todavía no habrá llegado al consultorio. Ten paciencia.

Cuando Chico terminó de comer, Charles lo tomó en sus brazos y se lo puso en las piernas. Acarició su suave pelo durante un rato y luego lo soltó. Se sentía tan cansado que cruzó los brazos sobre la mesa y recostó la cabeza. De pronto, sonó el teléfono y Charles pegó un salto en su silla. Chico saltó también. El Sr. Peterson corrió a contestar el teléfono.

—¿Aló? Sí, ¿Dra. Gibson? —dijo, y enseguida se quedó callado. Después sonrió y Charles soltó el aire que llevaba aguantando—. Ah, eso es fantástico. Qué buenas noticias. Gracias. Sí, iremos. Gracias, doctora.

Cuando colgó, miró a Charles y le dijo que el perrito había sobrevivido la noche.

—¡Lo consiguió! —gritaron los dos, y el Sr. Peterson abrazó a su hijo y chocaron los cinco.

—Ya está mucho mejor y podemos recogerlo a última hora de la mañana. ¿No es fantástico? —dijo el Sr. Peterson.

—¿Qué pasa? —Lizzie se frotaba los ojos al entrar en la cocina—. ¿Está bien el cachorrito?

La noche anterior, a la hora de la cena, Charles y su papá le habían contado al resto de la familia toda la historia. Lizzie también estaba preocupada por el perrito y había llamado a la policía y a la perrera para averiguar si alguien había llamado para decir que había perdido un perro. También había empezado a hacer afiches que decían PERRITO PERDIDO HA SIDO ENCON-TRADO, para ponerlos por todo el pueblo.

—Está mejor. Mucho mejor. ¡Lo consiguió! —dijo Charles y alzó un puño en el aire. Estaba feliz.

—Deberías llamar a David —le dijo Lizzie pasándole el teléfono—. Estoy segura de que el encantador de perros también se estará preguntando cómo está.

Lizzie le había contado a Charles que los "encantadores de caballos" eran personas que podían domar a los caballos salvajes susurrándoles al oído. La noche anterior se había referido a David como el encantador de perros, lo que hizo que Charles se pusiera un poco celoso, pero Lizzie dijo que él también tenía algo de encantador de perros.

Charles marcó el número de David y su amigo contestó inmediatamente. Probablemente había dormido muy mal también. Mientras Charles le contaba a David sobre la conversación con la Dra. Gibson, su mamá y Frijolito bajaron las escaleras y el Sr. Peterson y Lizzie los pusieron al tanto de lo que sucedía.

—David dijo que deberíamos pasar por su casa después de recoger al perrito —dijo Charles colgando y mirando a su papá—. Su mamá ha puesto a secar mi tienda y mi saco de dormir para que estén listos cuando vayamos. Además, quiere ver al cachorro.

En ese momento, Frijolito daba vueltas y saltaba por toda la cocina mientras la Sra. Peterson empezaba a preparar unos panqueques para celebrar la buena noticia.

—Le cosí la herida que tenía en la pata y se la vendé para que pueda cicatrizar bien —dijo la Dra. Gibson sacando al cachorro de la jaula y mostrando el vendaje con cinta adhesiva morada que le había puesto—. Ha tenido mucha suerte. Le di mucho líquido y medicinas y algo de comer, no mucho de una vez porque podría enfermarlo más. También le traté el problema de las pulgas y las garrapatas y le puse todas las vacunas para que estén tranquilos y pueda estar con Chico.

La Dra. Gibson acarició suavemente al cachorrito.

—Básicamente es un perro sano, se ha recuperado rápidamente. Ahora solo necesita descanso, un buen baño y mucho cariño. Eso último no será difícil. Es un perrito muy dulce. Creo que es una mezcla de schnauzer, spaniel y caniche.

El cachorrito la miraba con sus grandes ojos marrones. A Charles le pareció que tenía mucho mejor aspecto. Todavía tenía el pelo sucio, pero mantenía la cabeza en alto y movía la cola cuando la Dra. Gibson lo acariciaba.

—Miren esto. —La Dra. Gibson suspiró y se acercó a darle un beso—. Es irresistible. Y ahora que sabe que está a salvo, es mucho menos tímido.

La doctora ayudó a Charles y a su papá a meter al cachorrito en una jaula de metal. Habían puesto unas toallas viejas y suaves en la jaula para poder transportarlo cómodamente y llevarlo de manera segura en la parte trasera de la camioneta.

—¿Cuánto le debemos, doctora? —preguntó el Sr. Peterson sacando la billetera.

—Ya hablaremos de eso más tarde —dijo ella—. Siempre me gusta ayudarlos con los perritos que cuidan. Ya me dirán cómo le va.

—Lo haremos —dijo Charles entrando en la camioneta—. Y por favor, díganos si sabe de alguien que esté buscando a su perrito.

Ya había mirado el tablón de anuncios de la clínica, pero no había ningún aviso sobre un perro perdido.

Cuando la camioneta entró en la rampa del garaje de David, Charles vio que su amigo estaba en el jardín trasero, tirando palos al riachuelo. La mamá de David los recibió y le dio a Charles la mochila que había dejado. Luego, mientras ella y el Sr. Peterson fueron a recoger el resto del equipo de acampada, Charles salió de la camioneta para ver cómo estaba el cachorrito.

—Hola, pequeño.

El perrito tenía mucho mejor aspecto. Charles abrió la puerta de la jaula para sacarlo y enseñárselo a David. Tenía muchas ganas de sostenerlo en sus brazos, pero el perrito se escabulló y se bajó de la camioneta de un salto.

—¡Oye! —dijo Charles sin poder creerlo.

El perrito se fue cojeando por el jardín, directamente hacia el río, igual que lo había hecho las otras veces.

—¡Atrápalo! —gritó Charles cuando vio que David estaba cerca y podía alcanzarlo.

David se arrodilló al ver que el perrito se acercaba. Estiró la mano y le habló suavemente, pero el perrito no se detuvo, a pesar de que le debía doler la pata.

Charles no pudo contenerse.

—Déjate de tantos susurros y agárralo de una vez —le dijo a David.

El chico alzó la vista ofendido, y el perrito pasó a toda velocidad por su lado.

CAPÍTULO OCHO

—Ay, otra vez no —gruñó Charles, y se tapó los ojos.

Le parecía increíble que el cachorrito se hubiera escapado de nuevo, sin ni siquiera haberlo tenido en sus brazos. Sabía que no debía haberle gritado así a David, pero le pareció que él tenía que haber hecho algo.

—¡No te muevas, enano! —dijo David con firmeza, y enseguida se dio la vuelta y se lanzó hacia el perro.

Un segundo más tarde, David sostenía al perrito entre sus brazos y comenzó a acercarse a la camioneta.

—Genial —dijo Charles, pero su amigo ni sonrió ni lo miró.

—Muy bien —dijo David con el perrito entre sus brazos—. Ahora está temblando.

El perrito luchaba por escaparse y Charles se sintió mal porque el pobre había pasado por mucho y ahora no lo dejaban correr. Pero no podían permitir que se volviera a escapar.

—¿Quieres que lo sujete? —preguntó.

—Haz lo que quieras.

David dejó que Charles le quitara el perrito de sus brazos.

Charles sabía que su amigo estaba enojado, pero ahora no podía prestarle mucha atención. Acercó el perrito a su cuerpo. Era ligero como una pluma, comparado con lo sólido que era Chico. Tenía el pelo áspero, no como el pelo suave de Chico. Y David tenía razón, estaba temblando como un flan. También jadeaba. Lizzie decía que cuando un perro hacía eso era porque estaba nervioso.

—Pobrecito —dijo Charles acercando la cara al cuello del perrito para calmarlo—. No pasa nada, pequeñín. No pasa nada. No queríamos que te volvieras a escapar.

El perrito parecía relajarse mientras Charles le susurraba. Charles respiró con fuerza y miró a David.

—Siento haberte gritado.

David se encogió de hombros, pero no miró a su amigo.

—De verdad —insistió Charles, pensando que quizás había metido la pata por completo porque David volvía a comportarse tímidamente—. Lo siento.

Sujetó al perrito con un brazo y con el otro rebuscó en su mochila. ¡Ah! Allí estaba. Sacó una barra de chocolate y se la dio a David en señal de paz.

David dudó. Después agarró la barra, abrió la envoltura, la rompió en dos y le dio la mitad a Charles. Masticaron en silencio durante unos momentos. Charles acariciaba al cachorrito y el perrito le daba pequeños lametazos en la mano.

Parecía que se estaba calmando. Era realmente lindo, incluso con ese pelo tan sucio.

—¿Quieres venir a mi casa? —preguntó Charles—. La Dra. Gibson dijo que deberíamos darle un baño hoy. Y debemos ponerle una bolsa de plástico encima del vendaje para que no se moje. —Miró a David a los ojos—. Realmente necesito tu ayuda.

—Está bien —dijo David finalmente.

—¿Dónde están todos? —dijo Charles cuando llegaron a la casa.

Entraron la jaula del perrito y la pusieron en un rincón de la cocina. Entonces, el Sr. Peterson vio una nota y la leyó en voz alta.

—Lizzie fue con Chico a jugar con los perros de tía Amanda. Dice que piensa que es mejor que Chico no esté en casa cuando llegue el cachorrito.

El perrito estaba acurrucado en una esquina de su jaula. Miraba a su alrededor asustado.

David se agachó y empezó a hablarle suavemente.

—¿Y mamá y Frijolito? —preguntó Charles.

—Frijolito está en una fiesta de cumpleaños —dijo su papá mientras miraba en la nevera. Charles sabía que estaba pensando en el almuerzo—. Y mamá está en la oficina.

Eso quería decir la oficina del periódico *Littleton News*, donde su mamá trabajaba de reportera. Normalmente, la Sra. Peterson trabajaba desde casa, pero si tenía algún artículo urgente, iba a la oficina los domingos, donde no había ruido.

—Creo que deberíamos sacar de la jaula al cachorrito para que explore —dijo Charles.

El perrito ya parecía estar más relajado. Era como había dicho la Dra. Gibson: ahora que sabía que estaba a salvo y entre amigos, no era tan tímido.

—¿Por qué no? A lo mejor entre David y tú le pueden dar un baño —dijo el Sr. Peterson, y sacó un poco de queso y mostaza de la nevera y empezó a preparar unos sándwiches.

¡Pam! La puerta trasera se abrió de golpe y apareció Sammy.

—Hola a todos. ¿Qué hay de comer?

Charles y su papá se miraron y movieron la cabeza.

—Siempre te las arreglas para aparecer a la hora de comer, ¿no, Sammy? —dijo el Sr. Peterson mientras sacaba otros dos trozos de pan.

—Oye, ¿quién es este? —Sammy se arrodilló al lado de David para mirar al perrito—. Hola, David. Oye, qué buena jugada hiciste el otro día en *kickball*. ¿Qué haces aquí?

David no contestó. Volvía a portarse con timidez y se apartó para dejar sitio a Sammy.

—Es un perro callejero —se adelantó Charles a dar explicaciones—. Apareció antenoche en casa de David cuando estábamos...

—Durante la tormenta —dijo David terminando rápidamente la frase de Charles, como si supiera que Charles no le quería contar a Sammy lo de la acampada.

—Qué bien —dijo Sammy, y examinó al perrito—. Está muy sucio, pero es muy lindo. Se parece a ese perro que sale en las películas. ¿Cómo se llama?

—No lo sabemos —dijo Charles, que ni siquiera había tenido tiempo para pensar en eso—. No llevaba collar cuando lo encontramos. La Dra. Gibson nos dio uno. Y le cosió la herida que tenía en la pata. ¿Ves?

—¿De dónde ha salido? —preguntó Sammy, que siempre quería saberlo todo.

—Tampoco lo sabemos —volvió a responder Charles mientras abría la puerta de la jaula para dejar salir al cachorrito—. Con un poco de suerte encontraremos a sus dueños y lo podremos devolver a su casa.

El perrito empezó a indagar por la cocina, oliendo aquí y allá a medida que exploraba el lugar.

Huele a otro perro. Me pregunto si será bueno.

El Sr. Peterson se llevó su sándwich al taller y los chicos se sentaron a comer su almuerzo mientras Charles le contaba a Sammy cómo habían encontrado al perrito y todo lo que tuvieron que hacer para capturarlo.

—Realmente apesta —dijo Sammy tapándose la nariz—. ¡Puaj!

—No es su culpa. Estábamos a punto de darle un baño. ¿Quieres ayudarnos? —dijo Charles, que sabía que a Sammy le encantaba ser parte de la acción—. Voy a poner agua en la bañera. A lo mejor ustedes pueden ir poniéndole una bolsa de plástico alrededor de la venda.

Charles sacó una bolsa y una goma elástica de un cajón de la cocina y se las dio a David. Después fue arriba y abrió el agua de la bañera. Alistó suficientes toallas y sacó el champú para bebés de Frijolito. Desde hacía tiempo sabía cómo bañar a los cachorros. Lección número uno: mantén la puerta cerrada. Lección número dos: no uses demasiado champú.

El agua en la bañera estaba subiendo cuando aparecieron David y Sammy. Este último llevaba al perrito en sus brazos. La bolsa de plástico cubría la pata herida.

—Parece que ya estás listo —dijo Sammy, y empezó a bajar al perrito hacia el agua.

¡NO! No, no, no, no, ¡NO!

El perrito empezó a mover las patas, como si pensara que podía salir corriendo, a pesar de que Sammy lo sujetaba con fuerza.

—Espera —dijo David, y se acercó—. Hazlo despacio. Tiene miedo, ¿no ves?

¡Sáquenme de aquí!

Las patitas del perro no paraban de moverse. Charles sabía que estaba muy asustado.

—David tiene razón —dijo Charles, pensando que Sammy siempre lo hacía todo sin pensar—. Deja que lo haga David. El perrito ya está empezando a tener confianza con él.

Sammy se encogió de hombros y le pasó el perro a David.

—Muy bien. Inténtalo tú.

David acercó la cara al cuello sucio del perrito.

—¿Qué te parece si te damos un baño? Seguro que te sentará bien —dijo tan suavemente que Charles apenas podía oírlo.

Entonces, lentamente, David bajó al perrito hasta el agua. Y el cachorro empezó a mover las patas otra vez.

¡No! Por favor, no me metas en el agua.

—Tranquilo —dijo David, y se alejó del baño, lo que tranquilizó al perrito inmediatamente, tanto, que empezó a lamerle la cara como si le quisiera dar las gracias—. Realmente no quiere que lo bañemos. Está temblando sin parar otra vez, muerto de miedo. Pero qué raro que tenga miedo porque siempre salía...

De pronto, a David le brillaron los ojos.

—Porque siempre salía corriendo río arriba —dijo Sammy terminando la frase y sonriéndole a David.

—¿Y? —dijo Charles sin entender.

—Piensa. Primero, ¿por qué un perrito va a tener tanto miedo al agua? Y segundo, si le da tanto miedo, ¿por qué siempre sale corriendo hacia el río? —dijo Sammy como si la respuesta fuera obvia.

Charles se encogió de hombros.

—No tengo ni idea.

Sammy y David se miraron.

—Nosotros sí —dijo David entusiasmado—. Por lo menos, eso creemos.

CAPÍTULO NUEVE

Charles seguía sin entender de qué hablaban sus amigos. Miraba confundido al uno y al otro.

—¿Les importaría decirme de qué están hablando?

—Antes tenemos que salir del baño —dijo David, y sujetó al perrito con fuerza junto a su pecho—. Todavía está muy asustado. No va a haber manera de meterlo en esa bañera, por lo menos hoy.

Charles estaba sorprendido. David no parecía tan tímido a la hora de defender al cachorro.

—Muy bien, vamos abajo —dijo Charles, y los guió de vuelta a la cocina.

David volvió a meter al perrito en la jaula y lo vio acurrucarse en las toallas viejas.

—Creo que ahora se siente a salvo —dijo.

—¿Y bien? —Charles se puso las manos en las caderas—. ¿Me lo puedes explicar?

—Mira —Sammy empezó a decir inmediatamente—, al perrito le da miedo el agua, ¿no?

—Mucho miedo —añadió David.

—Pero siempre sale corriendo hacia el río —dijo Sammy caminando por la cocina.

—Y siempre corre en la misma dirección: río arriba —completó David mientras seguía a Sammy. El perrito los observaba mientras iban de un lado a otro—. ¿Por qué?

—Eso es lo que les estoy preguntando —dijo Charles impaciente—. ¿Por qué?

—Porque... —dijo Sammy.

—Porque viene de algún lugar más arriba del río —soltó David—. El agua lo debió arrastrar durante las inundaciones de la semana pasada. ¿Te imaginas el miedo que sintió el pobre perrito al ser arrastrado por la corriente? Con razón no quiere volver a meterse en el agua.

De pronto, Charles recordó que el papá de David había dicho que la corriente se los podía haber llevado a ellos mientras estaban de acampada. Lo había dicho en broma, pero realmente podía haber pasado si el río hubiera crecido. Y hacía poco tiempo había crecido mucho, por eso la orilla estaba llena de barro. El pequeño riachuelo seguramente había crecido lo suficiente para llevarse al perrito.

—¡Ya lo entiendo! —dijo Charles. Ahora le parecía obvio.

—Lo único que tenemos que hacer es descubrir qué pueblos hay más arriba del riachuelo —dijo David.

—Sí, como por ejemplo, Johnstown —dijo Sammy—. Podemos preguntar allá si alguien ha perdido un perrito.

Charles los miró. ¿Qué había pasado con la timidez de David? A lo mejor ayudaba el hecho de que Sammy ni siquiera se había dado cuenta de que David era tímido. Parecía que todas sus preocupaciones habían sido en vano. A Sammy probablemente no le importaría nada lo de la acampada. A lo mejor ahora los tres podían ser amigos.

—Vamos a la biblioteca a mirar los periódicos de otros pueblos —dijo Sammy, y se puso de pie de un salto.

Ahora le tocó a Charles tener una idea.

—No, ¡vamos a la oficina de mi mamá! Allí tienen periódicos de todo el estado.

David y Sammy asintieron, Charles le pidió a su papá que cuidara al cachorrito y los tres salieron.

A Charles le gustaba visitar a su mamá en la oficina del periódico. Por un lado, siempre había una caja de donuts cerca de la máquina de café. Los de chocolate eran los preferidos de Charles. Por otro lado, había sillas que daban vueltas y clips con los que podía hacer cadenas y un montón de papel que se podía llevar a casa para sus proyectos de arte.

Cuando llegaron, la Sra. Peterson estaba hablando por teléfono.

—¿Y eso sucedió el martes? —decía mientras tomaba notas—. ¿Y habló con la policía en ese momento?

La Sra. Peterson a veces escribía sobre las llamadas que había recibido la policía en el pueblo, lo que significaba que tenía que investigar qué había pasado, si había habido un robo o si algún gatito se había subido a un árbol y no podía bajar.

Cuando terminó, se dirigió a Charles.

—¿Qué sucede? —le dijo, y les sonrió a Sammy y a David—. ¿Dónde está el cachorrito?

—Está en casa con papá —dijo Charles y luego le explicó la razón por la que estaban en su oficina—. Así que pensamos que a lo mejor el perrito salió arrastrado por el agua desde otro pueblo.

La Sra. Peterson estaba de pie, mirando un mapa en la pared. Pasó el dedo por el mapa, haciendo un gran arco al norte de Littleton.

—Podría venir de Johnstown o de Townsend, o a lo mejor de Sharon —dijo.

Caminó hasta un archivador que estaba en la otra pared y empezó a sacar periódicos. Le dio un montón a cada chico y les dijo que los llevaran a la mesa de reuniones que había en el medio de la sala.

—Esos son los periódicos de la última semana, cuando la inundación estaba en su peor momento. En algunos pueblos hubo muchos daños, se cayeron puentes, hubo autos arrastrados, las casas se inundaron y cosas así. Miren la sección de noticias locales. Busquen...

—Cualquier artículo que hable sobre un perrito desaparecido —dijo Sammy mientras comenzaba a ojear uno de los periódicos.

La sala se quedó en silencio durante unos minutos, y entonces...

—¡Aquí hay uno! —gritó Sammy—. Ah. No. Es sobre una cabra que se escapó.

Una vez más el único sonido que se oyó fue el de pasar las páginas.

Entonces David se levantó de un salto.

—Este seguro que es él. Es del *Townsend News* —dijo, y comenzó a leer en voz alta—: "Pintas, un cachorrito gris y blanco de seis meses, que según el Dr. Mark Little, su dueño, se parece al perrito Benji, desapareció durante la tormenta del lunes y no se le ha vuelto a ver desde entonces. El Dr. Little y su familia han puesto carteles por todo el pueblo y han notificado a la policía, pero todavía no tienen ninguna noticia sobre su paradero. Si tiene alguna información sobre Pintas, por favor, llame al Dr. Little al 555-3456".

Casi antes de que David terminara de leer, Charles ya estaba marcando los números en el teléfono del escritorio de su mamá.

—¿Hola? —dijo, sintiendo que el corazón le latía con fuerza—. ¿El Dr. Little, por favor? Creo que hemos encontrado a su cachorrito.

La mujer al otro lado de la línea sonaba cansada.

—Bueno —dijo lentamente—. Él no está aquí. Yo soy la única que está en casa con los pequeños Finn y Olive, claro. Vine a cuidar a mis nietos mientras mi hijo y mi nuera limpian el caos que dejó la inundación.

—Ah, bueno... —Charles intentaba hablar despacio y fuerte por si la mujer no lo escuchaba bien—. A lo mejor usted nos puede decir si el cachorrito que encontramos es el del doctor y su familia.

—¿Cachorrito? Ah, sí, creo que se les perdió una cachorrita. Me parece que se llama Pintas. Es gris y blanca y tiene mucho pelo.

—Ah, lo siento —dijo Charles con tristeza—, creo que el perrito que encontramos no es el suyo.

Se despidió, colgó y miró a sus amigos.

CAPÍTULO DIEZ

—Supongo que tenemos que volver a empezar —dijo Charles—. Era la abuela. Por lo visto se está quedando con la familia para ayudar después de la inundación. Es verdad que perdieron un cachorrito, pero era una hembra.

Todos lamentaron la noticia y volvieron a sus periódicos.

Pasó una hora y ninguno logró encontrar otro artículo sobre un perrito desaparecido, a pesar de que miraron en todos los periódicos de los pueblos aledaños. Sammy comenzó a dar patadas a la pata de la mesa.

—No lo puedo creer.

—Yo tampoco —dijo David—. ¿Saben lo que creo? Hay personas que no saben bien si los perros son machos o hembras. Como mi tía, que siempre se refiere a nuestro gato Slinky como si fuera un macho, aunque es una hembra. Incluso después de que tuvo gatitos una vez. Slinky, no mi tía.

—Espera, ¿tú tienes un gato? —preguntó Charles sorprendido.

—Es muy, muy tímida —dijo David asintiendo—. Siempre se esconde cuando vienen visitas. Por eso no podíamos encargarnos del cachorrito. No deja que nadie la acaricie, salvo yo.

A Charles no le pareció gran cosa el hecho de que David tuviera un gato tímido ni que solo dejara que lo acariciara su amigo.

—¿De qué color es?

—Es del color del caparazón de una tortuga, un color muy especial. Es marrón y negra y crema y anaranjada. Es muy linda —dijo David con orgullo—. Pero no es eso lo que quería decir. Lo que quería decir es que mi tía siempre piensa que es un macho.

—¿Y? —Sammy frunció el ceño—. Ah. Ya entiendo lo que dices. Quieres decir que...

—Quieres decir que a lo mejor la señora con la que hablé piensa que el cachorrito de sus nietos es una perrita, cuando en realidad es un perrito —dijo Charles—. Ummm... ¿crees que debería volver a llamar?

—No sé —dijo David—. A lo mejor podríamos llevar el perrito directamente a Townsend. Tendrían que echarle un vistazo en cualquier caso para asegurarse de que es el suyo, ¿no?

—Sí —dijo la Sra. Peterson, que aunque estaba trabajando en su escritorio, había oído lo que decían los chicos—. Creo que es una gran idea. Pensaba ir allí a llevar ropa y cosas de cocina para donárselas a las personas a las que se les inundaron las casas. —Agarró la guía telefónica, la abrió y pasó el dedo por una página—. Little, 659 de la calle Maple, Townsend. Ya sé dónde está la calle Maple. ¿Qué les parece si los llevo?

David llevaba sonrojándose desde que la mamá de Charles había dicho que había tenido una gran idea.

—¿De verdad? —preguntó.

—De verdad. Primero vamos a buscar a ese cachorrito.

Al llegar a la casa, la Sra. Peterson metió cajas, bolsas y la jaula del cachorrito en la camioneta y Charles la siguió con el perro en los brazos.

—Qué lástima que no hayamos podido darte un baño —le dijo al perrito—. Seguro que serías más lindo todavía si estuvieras limpio.

Le besó la cabecita que seguía suave a pesar de estar tan sucia, y el cachorro le lamió la cara.

—Si son tus dueños —añadió—, seguro que se van a poner muy contentos de verte, estés como estés.

El perrito le olisqueó la oreja.

¿Ahora adónde vamos?

Charles le dio un abrazo al cachorro, lo puso en la jaula y cerró la puerta.

De camino a Townsend, Charles pudo ver los destrozos que había causado la inundación.

—¡Mira eso! —dijo señalando un puente partido por la mitad. No podía imaginar lo fuerte que debió ser la corriente para producir tantos daños—. Me pregunto cómo hará ahora la gente para llegar a su casa.

Al otro lado del río se veía una casita roja que también parecía muy afectada por la inundación. El jardín estaba lleno de barro, las maderas de la parte de abajo de la casa estaban sueltas y el garaje que había al lado estaba inclinado.

Por la ventanilla de la camioneta, los chicos miraban los baches en la carretera, los autos cubiertos de barro y esparcidos por el campo y los grandes árboles que se habían caído y desprendido de raíz.

—Oye, esta inundación ha sido realmente espantosa —dijo Sammy—. Si el agua arrastró autos, imagínate lo que pudo haber hecho con un perrito.

Al entrar en Townsend, la Sra. Peterson les pidió que se fijaran en los nombres de las calles.

—La calle Maple debe de estar por aquí, en algún sitio... ¡Ah! Ya llegamos.

La Sra Peterson giró a la derecha y unas cuadras más allá metió la camioneta en la rampa del garaje de una casa grande de ladrillo.

Todos salieron rápidamente y Charles fue a la parte de atrás de la camioneta para sacar al cachorrito. En cuanto abrió la puerta, vio que el perrito estaba de pie. Movía su cola larga, le brillaban los ojos y tenía levantadas sus orejas peludas.

—Oye, parece que estás muy contento —dijo Charles, y sujetó al perrito tan pronto abrió la puerta de la jaula—. ¿Te resulta familiar este sitio? A lo mejor hemos venido al lugar indicado.

La Sra. Peterson se dirigió hacia la puerta

principal, pero antes de llegar a la puerta, esta se abrió de golpe y un niño pequeño de la edad de Frijolito salió corriendo, seguido de una niña algo mayor.

—¡Pintas! —dijo el niño abriendo los brazos.

—¡Has vuelto a casa! —gritó la niña, y los dos corrieron hacia el perrito, que seguía en los brazos de Charles.

Charles se volteó y le sonrió a David.

—Supongo que tenías razón.

—¡Sí! —dijo David—. La teoría de Slinky era cierta.

Un señor y una señora mayor salieron de la casa mientras el perro se escapaba de los brazos de Charles y comenzaba a dar vueltas por la hierba con los niños. La colita del perro se movía a cien por hora mientras los niños lo abrazaban y lo besaban. Se reían muy alto y el perrito ladraba de felicidad.

Sabía que los encontraría. Lo sabía. ¡Lo sabía!

El señor también se reía.

—Pero bueno, mira quién ha vuelto a casa —dijo sonriéndoles a Charles y a los demás y extendiendo su mano para saludarlos—. Hola, soy Mark Little. Esta es mi madre y esos son mis hijos, Finn y Olive. Estábamos muy preocupados. Pintas desapareció durante la tormenta y lo hemos buscado por todas partes. Mi esposa, Heather, apenas ha podido dormir. Han sido seis largos días y veo que ha tenido algunas aventuras. ¿Dónde lo encontraron?

David y Charles se turnaron para contar la historia. Sammy de vez en cuando añadía algún comentario. Al Dr. Little no le sorprendió oír lo asustado que estaba Pintas cuando lo encontraron por primera vez.

—Siempre ha sido muy tímido con la gente que no conoce, pero una vez que tiene confianza... —dijo y miró a sus hijos, que seguían abrazando y besando a Pintas—. Una vez que sabe que está a salvo, te conviertes en su amigo para siempre.

Charles miró a David. A lo mejor por eso su amigo entendía tan bien a Pintas. David era exactamente igual. Una vez que te conocía, dejaba de ser tímido.

La abuela se reía al ver como Pintas y sus nietos jugaban y daban vueltas.

—Realmente está muy sucia, pero me alegro que esté de vuelta. Es una perrita excelente.

A Charles casi le entra un ataque de risa.

Sammy chocó los cinco con David.

—¡Mamá! Pintas es macho, ¿no te acuerdas? —dijo el Dr. Little con cara de desesperación—. Pero tienes razón, es un perrito excelente. Y desde luego el nombre ahora le va de maravilla. ¡Miren qué pintas tiene! Ha tenido muchísima suerte de encontrarse con ustedes. No les puedo agradecer lo suficiente que lo hayan rescatado y devuelto a su casa. Y la Dra. Gibson desde luego hizo un trabajo excelente para curarlo. Le enviaré un cheque inmediatamente.

Volvió a estrechar las manos de todos y entonces los chicos acariciaron a Pintas y le dijeron adiós. Pintas les lamió la cara a cambio. Cuando se metieron en la camioneta para regresar, la Sra. Peterson se volteó y miró a los chicos.

—Bien hecho, muchachos —dijo alzando la mano, y todos chocaron los cinco.

Al salir de la rampa y despedirse de Finn, Olive y Pintas, David sacó la cabeza por la ventana y miró al cielo.

—¡Oye, ha dejado de llover! Ha salido el sol —dijo—. Es la noche perfecta para ir de acampada, ¿no creen?

SOBRE LOS PERROS

Las mismas cosas que son peligrosas para las personas, como los huracanes, las inundaciones, las tormentas o los incendios, también son peligrosas para las mascotas. Durante el huracán Katrina, en Nueva Orleáns, muchas mascotas se separaron de sus dueños. La gente hizo un gran esfuerzo para encargarse de esos animales y buscarles una familia. En algunos casos, cuando las familias habían perdido sus casas y no podían seguir cuidando de sus mascotas, otras familias adoptaron a estos perros y gatos.

Asegúrate de que tú y tus padres tengan un plan para emergencias y no olvides tener un plan para que tus mascotas también estén a salvo.

Querido lector:

La mamá de Charles tenía razón cuando dijo que había que tener cuidado con los perros que no conoces. Si quieres atrapar a un perro callejero, siempre debes pedir ayuda a un adulto.

Una vez, fui de paseo con mi perro Django, y un perro callejero nos siguió. Estaba sucio y flaco, pero llevaba un collar con placas de identificación, así que pude encontrar a sus dueños. ¡Vivían a tres millas! Lo tuve en mi jardín hasta que llegaron a recogerlo. Si el perro no hubiera llevado collar, habría llamado a la policía o a la perrera local para reportar que había un perro perdido.

Saludos desde el hogar de los cachorritos,
Ellen Miles

P.D. Si quieres saber cómo empezaron a cuidar cachorritos Charles y Lizzie, lee CANELA.

CACHORRITOS
Todos los perritos necesitan un hogar

CANELA

ELLEN MILES

SCHOLASTIC
en español

ACERCA DE LA AUTORA

A Ellen Miles le encantan los perros y le encanta escribir sobre sus distintas personalidades. Ha escrito más de veintiocho libros, incluyendo la serie Cachorritos, la serie Taylor-Made, el libro *The Pied Piper* y otras obras clásicas de Scholastic. A Ellen le gusta salir al aire libre todos los días, pasear, montar en bicicleta, esquiar o nadar, dependiendo de la estación del año. También le gusta mucho leer, cocinar, explorar su hermoso estado y verse con amigos y familiares. Vive en Vermont.

¡Si te gustan los animales, no te pierdas las otras historias de la serie Cachorritos!